W0311256

RATUS POCHE

COLLECTION DIRIGÉE PAR JEANINE ET JEAN GUION

Clara et le secret de Noël

Baptiste et Clara

- Baptiste et le requin
- Baptiste et Clara contre le vampire
- Baptiste et Clara contre le fantôme
- Clara et la robe de ses rêves
- Clara et le secret de Noël
- Baptiste et Clara contre l'homme masqué
- Clara superstar
- Clara et le garçon du cirque
- Clara reine des fleurs
- Clara et le cheval noir

© Hatier Paris 2005, ISSN 1259 4652, ISBN 2-218-92077-8

Clara
et le secret de Noël

Une histoire d'Olivier Daniel
illustrée par François Foyard

HATIER

Julien
Lucie
M. et Mme Loiseau
Amédée

Les personnages de l'histoire

À Gabriel.

1

Ce matin-là, Baptiste et Clara cherchaient une idée de cadeau de Noël pour leur grand-père Amédée qui, comme tous les ans, viendrait passer les fêtes avec eux. Et comme tous les ans, ils s'y prenaient à la dernière minute. Peut-être pensaient-ils trop à leurs cadeaux qu'ils recevraient le soir même…

Pour Baptiste, ce serait un jeu vidéo, une
maquette de voiture de course et un chat- 1
robot. Clara, elle, avait commandé des CD,
une trousse de maquillage et des baskets à
fermeture Éclair, un tout nouveau modèle qui
faisait fureur dans son collège.

Ils s'arrêtèrent place du marché, où se trouvaient de nombreuses boutiques. Sur un grand panneau lumineux s'afficha un immense père Noël, avec une hotte remplie de jouets.

– Vivement ce soir, soupira Baptiste.

– Oui, dit Clara. Mais dépêchons-nous de trouver un cadeau pour pépé Amédée.

Cette année, ils ne voulaient pas lui offrir une énième boîte à outils, mais quelque chose de vraiment très original.

Soudain, un jeune homme à la mine affolée se planta devant eux et leur cria dans les oreilles :

– Dépêchez-vous ! Vite ! Les extraterrestres nous attaquent !

Clara, abasourdie, sursauta. Baptiste leva 2
les yeux avec l'espoir d'apercevoir la soucoupe volante des envahisseurs.

– Vite ! cria encore le jeune homme.

Il portait un blouson fluorescent jaune de 3
sécurité.

– Vite ! Cachez-vous là-dedans ! reprit-il en leur montrant deux grosses poubelles neuves qui se trouvaient près d'eux.

Et comme Clara restait sans réaction, il la poussa vers une des poubelles.

Elle était tellement surprise qu'elle se laissa faire et y entra. Il referma le couvercle sur elle. Baptiste se cacha dans la seconde poubelle, en se promettant d'en soulever le couvercle pour voir les extraterrestres.

Vingt secondes s'écoulèrent, qui leur parurent durer des heures. Que se passait-il au dehors ? Clara n'osait pas bouger. Baptiste, lui, dévoré par la curiosité, finit par soulever doucement le couvercle de sa poubelle et jeta un œil à l'extérieur. À son grand étonnement, il vit une caméra. Bientôt, un micro s'approcha de lui et la jeune femme qui le tenait lui demanda ce qu'il faisait là.

– Ma sœur et moi nous nous cachons des extraterrestres, répondit-il à mi-voix. Ils sont arrivés ?

– Les extraterrestres ? fit la jeune femme en souriant. Pas que je sache… Et où est ta sœur ?

– Elle est dans la poubelle d'à côté, dit-il.

– Excellente cachette. Je vais aller lui rendre une petite visite, si tu veux bien.

Où vont aller se cacher Baptiste et Clara ?

Au ton railleur de la jeune femme, Clara 4
réalisa soudain qu'on s'était moqué d'eux.
Elle sortit d'un bond de sa poubelle et vit de
nombreuses personnes qui la montraient du
doigt, en riant aux éclats. « *Cachez-vous vite !*
Les extraterrestres attaquent... ». Comment
avait-elle pu être assez naïve pour croire à 5
cette histoire de fous ?

La jeune femme qui tenait le micro s'approcha d'elle et lui dit :

– Vous venez d'être filmés pour l'émission « Gags de Noël », dont le but est de faire des farces aux enfants de la région. Elle sera diffusée ce soir, à 19 heures 30. Comment t'appelles-tu ? Et ton frère ? Comment s'appelle-t-il ?

Clara pensa aussitôt que Julien, le plus beau garçon de sa classe, verrait sûrement « Gags de Noël ». Alors il la prendrait pour une gamine stupide, qui croyait tout ce qu'on lui disait... Ce serait terrible !

Baptiste, un peu déçu par la tournure des événements, sortit également de sa poubelle.

– Vous avez vraiment cru que les extra-terrestres nous attaquaient ? leur demanda la jeune femme.

– Moi, je crois qu'ils existent, protesta Baptiste.

Clara vit qu'on les filmait en gros plan et préféra ne pas répondre. Elle entraîna son frère dans une petite rue, loin de la caméra et de la foule. Un silence s'installa entre eux, bientôt rompu par le tintement de la cloche de l'église. Il était dix heures. Baptiste et Clara se rappelèrent que, dans une heure, ils devaient aller chercher leur grand-père à la gare.

– Et nous n'avons toujours pas trouvé une idée de cadeau pour lui, soupira Clara.

– J'ai une idée pour pépé ! s'écria tout à coup Baptiste. Une idée géniale, j'en suis sûr !

2

– Je pense à un chien, dit Baptiste, fier de lui. À un berger allemand. Pour pépé qui est toujours tout seul, ce sera un ami à qui il pourra parler. En plus, le berger allemand le protégera des voleurs. Un beau cadeau, non ?

Clara haussa les épaules et bougonna 6
qu'un chien était très salissant et tombait facilement malade. Sans compter que le chenil de la Société Protectrice des Animaux, où il y avait des chiens abandonnés qu'on pouvait adopter, se trouvait à plus de trente kilomètres de là.

– Propose une meilleure idée, si tu en es capable ! dit Baptiste. Je compte jusqu'à trois ! Un…

Clara essaya de se concentrer. Mais elle eut 7
beaucoup de mal à y arriver. Elle était trop

préoccupée par l'émission « Gags de Noël ». 8
Avait-elle la plus petite chance d'empêcher qu'elle soit diffusée ?

– Deux…

Si par malheur Julien la voyait sortir d'une poubelle à la télévision, nul doute qu'il se moquerait d'elle. Elle ne le supporterait pas.

– Et trois ! dit Baptiste, pressé d'en finir. Mon idée est acceptée à l'unanimité !

Baptiste et Clara se demandèrent alors comment dénicher, en si peu de temps, un chien gentil et pas trop cher. Car ils ne disposaient, à eux deux, que de quarante euros.

Tout à coup, Clara tapa sur l'épaule de son frère et lui tendit un prospectus qu'elle venait de ramasser par terre. On y voyait la photographie d'un Africain, encadrée par ce texte :

« Le Grand Marabout Tom résout tous vos 9
problèmes en moins de dix minutes. Dix euros seulement la consultation. »

Suivait l'adresse du marabout.

– Ce n'est pas très loin, dit Clara, allons-y.

Il sera sûrement capable de nous trouver un chien pour pépé avant ce soir.

– Formidable ! s'écria Baptiste.

Ils allèrent sonner chez le marabout, qui leur ouvrit sa porte quelques minutes plus tard.

– Vous venez me voir, les enfants ? dit-il.

Il se tenait debout, les bras croisés. C'était un géant. Il portait un boubou de tissu vert et jaune.

– Alors, vous êtes muets ? leur demanda-t-il d'un ton moqueur.

Baptiste et Clara hochèrent la tête. Le marabout les fit entrer dans son salon, où trônaient la statue d'un éléphant et la photographie d'un très beau lion, à la crinière abondante.

– Que puis-je pour vous ? dit le géant en invitant ses visiteurs à s'asseoir sur un pouf recouvert d'une fourrure en fausse peau de tigre.

Lui-même prit place dans un gros fauteuil, puis il toussa très fort. Clara crut que la terre allait s'ouvrir sous ses pieds.

Chez qui vont Baptiste et Clara ?

– Voilà, commença Baptiste, nous voulons offrir ce soir un chien à notre grand-père Amédée. Il vit tout seul depuis la mort de sa femme. Mais... nous ne savons pas où le trouver.

– Votre grand-père ?

– Non, le chien.

Le maître des lieux éclata d'un rire puissant et Clara eut l'impression que les vitres de la pièce se mettaient à trembler. Pas très rassurée,
elle se recroquevilla sur son pouf. Elle avait 11
l'impression que si le géant éternuait, son souffle la projetterait jusqu'à l'autre bout de la ville. Baptiste, à côté d'elle, se tenait prêt à s'enfuir.

– Parfait ! fit le marabout. Vous allez déposer dix euros dans le creux de ma main, je vais me concentrer et... je vous dirai où trouver un chien.

Comme Baptiste et Clara n'osaient pas bouger, il fronça les sourcils.

– Vous n'avez pas dix euros ? Vous venez

consulter le meilleur marabout de la ville et vous n'avez même pas dix euros ?

Il les dévisagea d'un regard sévère et dit 12
d'une grosse voix qui résonnait dans la pièce.

– Bon, ça va, je vous fais moitié prix parce que vous êtes des enfants et que vous êtes gentils avec votre grand-père.

Il ouvrit son immense main droite et la colla sous le nez de Baptiste et Clara, paralysés de peur. Soudain, le marabout éclata d'un énorme rire joyeux et leur dit :

– Pour Noël, c'est presque cadeau pour les enfants ! Deux euros seulement !

Baptiste et Clara sortirent chacun un euro de leur poche et le posèrent délicatement dans la paume du géant. La seconde suivante, leur argent avait disparu. Le marabout ferma les yeux et prononça une phrase magique :

– Akoubido, Jamalistu.

Suivit un court silence. Puis le géant rouvrit les yeux et déclara :

– Allez chez Mme Leclaire. Elle habite au

fond de l'impasse située près de l'église. Je sais qu'elle recueille depuis peu les chiens et les chats qu'elle trouve dans la rue…

– A-t-elle un berger allemand ? l'interrompit Baptiste.

– Je ne sais pas, répondit le marabout. Peut-être. Mais faites attention, les enfants : Mme
Leclaire est une vieille dame très susceptible. 13
Si par malheur vous prononcez un mot ou une phrase qui ne lui plaît pas, elle se mettra en colère et elle ne vous donnera pas de chien.

Baptiste et Clara échangèrent un regard inquiet.

3

En sortant de chez le marabout, Baptiste et Clara tombèrent nez à nez avec Lucie et Julien. Clara se raidit. Il lui fallait faire bonne figure devant ses copains. S'ils apprenaient qu'elle était la vedette involontaire de l'émission « Gags de Noël »…

– Salut, lui dit Lucie en arrivant à sa hauteur. Tu vas bien ?

Clara répondit oui de la tête.

– Tu ne sais pas ce que je viens d'apprendre ? poursuivit Lucie à mi-voix : deux jeunes de notre ville ont été filmés tout à l'heure pour l'émission « Gags de Noël ». Il paraît qu'ils ont été RIDICULES. On leur a fait croire que les extraterrestres allaient attaquer… et ils se sont cachés dans une poubelle !

– L'émission sera diffusée ce soir, fit Julien.

J'ai hâte de voir la tête des deux imbéciles qui se sont fait piéger. Tu les connais, Clara ?

– Moi, je les connais… commença Baptiste.

Sa sœur lui donna un coup de coude et marmonna qu'ils devaient aller à la gare pour chercher leur grand-père. Là-dessus, elle tira brusquement Baptiste par une manche et l'entraîna loin de ses amis.

– Tu pourrais au moins nous dire au revoir ! cria Lucie, stupéfaite par son comportement. 14

Clara était au bord des larmes. Ce qu'elle craignait le plus au monde allait se réaliser : Julien la verrait ce soir même, à la télévision. Il la prendrait pour une idiote. Maintenant c'était à peu près sûr : il ne tomberait jamais amoureux d'elle.

– Lâche-moi, lui dit Baptiste. Tu me fais mal.

– Tais-toi ! répliqua-t-elle. Tu n'es qu'une grosse pustule affreuse ! 15

– Pustule toi-même ! grogna Baptiste.

Elle se dirigeait vers la gare à grandes

enjambées. Baptiste, vexé, dut presser le pas pour pouvoir la suivre. Il courait presque derrière elle, les poings serrés dans ses poches, baissant la tête et bougonnant.

Dans la salle d'attente de la gare, ils aperçurent Amédée. Ils coururent l'embrasser. Ils étaient tous trois très heureux de se revoir.

En chemin, Baptiste et Clara aidèrent leur grand-père à porter sa valise. Amédée leur demanda comment ils travaillaient en classe.

– Tout va bien pour moi, répondit Clara.

Baptiste avoua qu'il avait des problèmes en orthographe.

– Des gros problèmes, ajouta Clara.

Baptiste lui tira la langue.

De retour à la maison, Baptiste et Clara aidèrent leur grand-père à s'installer dans la chambre d'ami. Puis ils le laissèrent se reposer et décidèrent de signer un accord de paix. En effet, mieux valait qu'ils s'entraident s'ils voulaient mettre rapidement la main sur un chien.

À midi, leur mère mit sur la table des sardines à l'huile, car c'était le plat préféré d'Amédée. Il se régala. Baptiste et Clara, en revanche, n'aimaient pas les sardines et grimacèrent en les mangeant.

Pendant le repas, Amédée raconta que là-bas, chez lui, en Bretagne, il avait commencé une collection de coquillages qu'il ramassait sur la plage.

– Ça m'occupe, soupira-t-il. Parce que des fois, tout seul, je m'ennuie tellement…

Baptiste et Clara esquissèrent un sourire en songeant au compagnon à quatre pattes qu'ils allaient lui offrir pour Noël.

Après le déjeuner, Mme Loiseau les appela dans la cuisine. Ils la rejoignirent pendant que leur grand-père lisait le journal dans le salon.

– Eh bien ? demanda Mme Loiseau, quel cadeau allez-vous offrir à pépé Amédée cette année ? Pas une nouvelle boîte à outils, j'espère !

– C'est une surprise, maman ! s'empressa de répondre Clara. Tu verras ce soir !

Que collectionne Amédée ?

– Attention ! reprit Mme Loiseau en souriant. Vous avez promis de faire un cadeau à pépé pour Noël. Autrement, pas de cadeau pour pépé, pas de cadeaux pour vous… Compris ?

Clara acquiesça, mais elle savait bien que 16
sa mère ne parlait pas vraiment sérieusement. Quant à Baptiste, la phrase « *Pas de cadeau pour pépé, pas de cadeaux pour vous* » résonna dans sa tête comme une menace.

4

Une demi-heure plus tard, Clara et Baptiste se dirigèrent vers l'impasse où habitait Mme Leclaire. Ils avaient emporté ce qui restait dans leur tirelire.

Comme ils s'engageaient dans une rue déserte, ils virent un homme qui leur parut plutôt bizarre. Il marchait les mains dans les poches, tout en regardant très attentivement
les maisons alentour. Intrigués par son compor- 17
tement, Baptiste et Clara se cachèrent derrière une camionnette en stationnement.

L'homme s'arrêta bientôt devant un joli pavillon aux volets verts et l'examina avec attention.

– Je suis sûre et certaine que c'est un voleur, murmura Clara. Il repère les maisons qu'il va venir cambrioler cette nuit…

Baptiste se redressa pour mieux surveiller l'étrange personnage. À cet instant, l'homme se retourna et le vit. Avait-il des yeux dans le dos et des oreilles à longue portée ? Baptiste s'accroupit en catastrophe près de sa sœur qui se mit à claquer des dents.

– Il t'a vu ? chuchota-t-elle.

– Je crois bien que oui, répondit Baptiste, penaud.

– Qu'est-ce qu'on fait ? reprit Clara.

– Je ne sais pas. On pourrait…

Baptiste n'eut pas le temps de finir sa phrase que l'homme les avait rejoints et s'était planté devant eux. Il avait un vilain bouton rouge sur le nez.

– Alors, pourquoi me regardez-vous ainsi ?
marmonna-t-il. Je déteste les enfants trop 18
curieux…

L'espace d'une seconde, Baptiste et Clara crurent qu'il allait les frapper tant son regard était menaçant. Et peut-être l'aurait-il fait si un couple n'était pas apparu, à l'angle de la rue.

Qui a fait peur à Baptiste et à Clara ?

Contrarié, il serra les poings, tourna les talons et disparut. Clara poussa un énorme soupir de soulagement. Baptiste était pâle comme un linge.

Ils restèrent un temps adossés contre la camionnette, incapables de prononcer le moindre mot. Ils avaient le sentiment d'avoir échappé à la pire catastrophe de leur vie.

– Et si c'était un extraterrestre ? demanda tout à coup Baptiste.

Clara haussa les épaules et lui fit signe de se taire. Elle ne voulait plus entendre parler d'extraterrestres.

Ils reprirent leur chemin et recommencèrent à penser au cadeau de leur grand-père… Quelques instants plus tard, ils sonnaient à la grille de Mme Leclaire. Clara rappela à son frère que la vieille dame était très susceptible et qu'il ne fallait surtout pas la contrarier. Baptiste promit de se tenir tranquille.

– Le mieux serait que tu gardes la bouche fermée, fit sa sœur. Tu en es capable ?

– Évidemment ! répondit Baptiste en grognant que sa sœur était un vrai tyran.

Ils allaient recommencer à se chamailler quand la grille s'entrouvrit. Mme Leclaire apparut, vêtue d'une robe du même violet que ses cheveux.

– Qui êtes-vous ? demanda-t-elle, méfiante.

Clara se présenta et parla de son projet d'offrir un chien à son grand-père pour Noël.

– C'est une idée à moi ! protesta Baptiste.

Clara le fusilla du regard. Mme Leclaire reprit :

– C'est une très bonne idée, les enfants. Et vous avez de la chance : il y a deux semaines de cela, j'ai recueilli et soigné un beau toutou. Il s'appelle Topsy. Je crois qu'il fera un excellent compagnon pour votre grand-père. Suivez-moi, je vais vous le montrer.

Baptiste et Clara lui emboîtèrent le pas. Ils 19
longèrent l'allée de gravier, franchirent une porte et pénétrèrent dans un hall carrelé.

– Topsy ! s'écria la vieille dame. Viens ici !

Un teckel à poil long vint bientôt se frotter contre ses mollets.

– N'est-il pas beau ? dit-elle avec fierté. Et intelligent avec ça…

– Vous n'avez pas de berger allemand ? fit Baptiste, déçu par la petite taille du teckel. Celui-ci a les pattes trop courtes.

– Les pattes trop courtes ? s'indigna Mme Leclaire.

– En plus, son ventre traîne par terre, reprit Baptiste. Il n'est pas beau du tout, votre toutou.

À nouveau, Clara fusilla son frère du regard. Lui qui avait promis de se taire !

– Eh bien, si vous n'êtes pas contents, allez-vous-en immédiatement ! s'écria la vieille dame dont le visage était devenu rouge de colère.

Quel chien Mme Leclaire veut-elle donner à Baptiste et à Clara ?

5

Clara était furieuse contre Baptiste. À vrai dire, lui-même s'en voulait beaucoup de ne pas avoir su tenir sa langue. Par sa faute, son pépé Amédée n'aurait rien pour Noël. Et lui non plus ! Sa mère l'avait dit encore tout à l'heure à la cuisine… Baptiste, le dos voûté, marchait de long en large dans sa chambre. Clara, elle, s'était allongée sur son lit et cherchait à faire le vide dans son esprit. Mais au lieu de cela, elle n'arrêtait pas de se voir, sortant d'une grande poubelle, filmée en très gros plan… Elle finit par s'assoupir et fit un cauchemar effroyable : suite à la diffusion de l'émission « Gags de Noël », elle était élue la fille la plus bête de son collège !

Son frère la réveilla en sursaut et lui montra l'heure : les magasins allaient bientôt fermer et ils n'avaient toujours pas de cadeau pour leur grand-père !

Ils décidèrent de se rendre dare-dare dans 20
la quincaillerie située place du marché pour y 21
acheter quelque chose. Il leur restait dix-neuf euros chacun.

La nuit était tombée : la nuit de Noël ! Baptiste et Clara se mirent à courir. Si par malchance la quincaillerie était déjà fermée… Ils préférèrent ne pas y penser. Quelques minutes plus tard, ils arrivèrent face au grand panneau lumineux sur lequel défila le message suivant : « ATTENTION ! UN VOLEUR DÉGUISÉ EN PÈRE NOËL SE TROUVE DANS NOTRE VILLE ! IL PEUT S'INTRODUIRE CHEZ VOUS CETTE NUIT. FERMEZ BIEN VOS PORTES ET VOS FENÊTRES ! CET HOMME EST DANGEREUX ! »

Baptiste et Clara pensèrent aussitôt à l'homme qui avait un bouton sur le nez… À cet instant, Baptiste le reconnut, à quelques mètres d'eux, dans un costume de père Noël trop petit pour lui. Il le montra du doigt à sa sœur. L'homme les reconnut aussi et se précipita vers eux.

– Pas un mot, leur dit-il d'une voix qui les glaça d'effroi. Pas un mot, pas un geste…

Baptiste et Clara, terrorisés, se blottirent l'un contre l'autre et ne virent pas Julien qui arrivait.

– Salut Clara, salut Baptiste ! s'écria leur copain en riant. Vous allez vous faire photographier avec le père Noël ?

Clara eut envie de lui adresser un petit signe de la main, mais il lui fut impossible de faire le moindre geste. Le regard méchant de l'homme au bouton sur le nez l'en dissuadait.

– Pas un mot, sales gosses, marmonna-t-il. Prenez à droite…

Baptiste et Clara se dirigèrent en silence vers une petite rue, poussés par le voleur. Allait-il les faire disparaître dans les égouts ?

– Mais qu'est-ce qui te prend, Clara ? fit Julien étonné par le comportement de son amie. Tu ne veux plus me parler ?

Que se passe-t-il sur la place du marché ?

Elle aurait aimé lui dire qu'elle était en danger. Il aurait eu le courage de la sauver s'il avait connu la vérité, elle en était sûre. Mais Julien bougonna et s'éloigna. Clara, désespérée, se demanda si elle le reverrait un jour.

Tout à coup Baptiste se laissa tomber sur le trottoir et resta immobile.

– Relève-toi, ordonna le faux père Noël.

– Impossible, répondit Baptiste. Je me suis fait mal… je ne peux plus bouger… je suis paralysé…

Clara comprit tout de suite que son frère jouait la comédie : il agissait souvent ainsi lorsque sa mère lui demandait de passer l'aspirateur ou de ranger sa chambre. Elle lui fit un clin d'œil et se mit à hurler :

– Au secours ! Mon frère est paralysé !

Ce qu'elle espérait se produisit : alertés par ses cris, des passants s'approchèrent d'eux. Le voleur, en colère, ne savait plus que faire. Clara le prit par le bras, s'accrocha à lui en faisant semblant de le supplier.

– Aidez mon frère, monsieur ! Aidez-le, je vous en supplie !

Les badauds firent un cercle autour d'eux, 22
rendant la fuite du faux père Noël difficile. Alors Baptiste lui attrapa les jambes et s'écria :

– C'est le voleur ! Arrêtez-le ! Arrêtez-le !

Des policiers accoururent et passèrent les menottes à l'homme au bouton sur le nez. Quelqu'un prit des photos. Baptiste et Clara profitèrent de l'agitation pour foncer vers la quincaillerie qui, hélas, venait juste de fermer.

– Oh non ! fit Clara, désespérée.

– J'ai une nouvelle idée ! s'écria Baptiste. Dépêche-toi ! Vite ! Viens avec moi !

Et il partit en courant vers l'impasse où habitait Mme Leclaire. Clara le suivit.

6

Un peu avant 19 heures 30, M. et Mme Loiseau allumèrent la télévision pour voir l'émission « Gags de Noël ».

Clara se rongeait les ongles. Plus l'heure fatidique approchait, plus elle se sentait mal. Elle transpira à grosses gouttes en se souvenant de ce qu'avait dit Julien : « J'ai hâte de voir la tête des deux imbéciles qui se sont fait piéger. »

À 19 heures 30 précises, Clara, crispée, le cœur battant, ferma les yeux en entendant la voix de la présentatrice :

– Chers téléspectateurs : vous ne verrez pas « Gags de Noël » ce soir, car nous avons une nouvelle importante à vous communiquer : un voleur déguisé en père Noël a été arrêté tout à l'heure grâce à deux jeunes habitants de notre ville. Bravo à eux pour leur courage!

On vit, sur le petit écran, la photo de Baptiste et Clara, prise juste après l'arrestation de l'homme au bouton sur le nez. M. et Mme Loiseau, très surpris, se tournèrent vers eux et les félicitèrent. Pépé Amédée les applaudit. Clara sentit tout son corps se détendre.

Quelques minutes plus tard, Julien, le plus beau garçon de sa classe, lui téléphona. Il venait de la voir à la télévision.

– Tu es la fille la plus courageuse que je connaisse, lui dit-il.

Clara rougit de plaisir.

Après le reportage qui montrait l'arrestation du faux père Noël, toute la famille se prépara à fêter Noël. Des cadeaux étaient posés au pied de la cheminée, mais Clara et Baptiste n'avaient rien mis pour Amédée.

– Où est votre cadeau? leur demanda Mme Loiseau. Vous aviez promis...

– Il va arriver! répondit Baptiste d'un air mystérieux.

Soudain, la sonnerie de la porte d'entrée retentit. Baptiste et Clara se précipitèrent pour
ouvrir. Mme Leclaire se tenait sur le seuil de la 23
maison, Topsy dans ses bras. Elle dit aussitôt d'une voix grave :

– Je vous apporte Topsy comme prévu, mais je veux être sûre qu'il sera dans une bonne maison. Sinon…

Elle n'en dit pas plus en voyant le grand-père de Baptiste et Clara s'approcher.

– Amédée ! fit-elle, surprise.

– Nicole ! fit le grand-père.

– Si le chien est pour toi, dit-elle, je suis sûre qu'il sera bien soigné.

Ils s'embrassèrent, tout émus de se retrouver ainsi. Mme Leclaire expliqua qu'ils s'étaient rencontrés l'été dernier, au cours d'un voyage au Mont Saint-Michel, et qu'ils avaient tout de suite sympathisé. Mais Amédée ne lui avait jamais écrit par la suite…

– J'avais perdu ton adresse, dit le grand-père. Mais je me rappelais que tu habitais

Quel est le cadeau d'Amédée ?

dans cette ville. Alors, je comptais bien te retrouver pendant ces vacances…

M. Loiseau fit entrer Mme Leclaire et l'invita à passer la soirée avec eux.

– Merci à tous les deux, dit le grand-père en embrassant Baptiste et Clara. C'est le plus beau cadeau de Noël que j'aie jamais eu ! Il y a longtemps que je voulais un chien… et j'avais envie de revoir Nicole ! Mais comment avez-vous pu deviner, les enfants ?

– Secret de Noël ! répondit Clara en riant.

– C'est moi qui ai tout deviné, grand-père, dit Baptiste. J'ai des dons. Plus tard, je serai marabout.

Tout le monde éclata de rire, et ce fut le plus heureux Noël de pépé Amédée.

1
une **maquette**
Une reproduction de quelque chose en plus petit.

2
abasourdie
Clara est très étonnée.

3
fluorescent
Très visible de loin et même la nuit lorsqu'on l'éclaire.

4
un ton **railleur**
Façon de parler en se moquant.

5
naïve
Elle croit tout ce qu'on lui dit.

6
elle **bougonna**
Elle n'était pas d'accord et parlait entre ses dents.

7
se concentrer
Réfléchir très fort.

8
préoccupée
Inquiète, soucieuse.

9
un **marabout**
En Afrique, sorte de sorcier que l'on va voir pour guérir d'une maladie ou connaître l'avenir.

10
un **boubou**
Vêtement qui ressemble à une longue robe et que l'on porte en Afrique.

11
elle **se recroquevilla**
Elle se tassa sur elle-même.

12
il les **dévisagea**
Il les regarda avec une très grande attention.

13
susceptible
Qui se vexe facilement.

14
stupéfaite
Très surprise.

le **comportement**
Façon d'être et d'agir.

15
une **pustule**
Gros bouton sur la peau.

16
elle **acquiesça**
Clara dit qu'elle était d'accord.

17
intrigués
Baptiste et Clara sont surpris.

18
il **marmonna**
Il dit entre ses dents, sur un ton méchant.

19
emboîter le pas
Marcher derrière quelqu'un en le suivant de très près.

20
dare-dare
À toute vitesse.

21
une **quincaillerie**
Magasin où l'on achète des outils et des objets en métal.

22
les **badauds**
Les gens qui se promènent pour regarder ce qui se passe dans la rue.

23
le **seuil**
L'entrée de la maison.

Les aventures du rat vert

- 1 Le robot de Ratus
- 3 Les champignons de Ratus
- 6 Ratus raconte ses vacances
- 8 Ratus et la télévision
- 15 Ratus se déguise
- 19 Les mensonges de Ratus
- 21 Ratus écrit un livre
- 23 L'anniversaire de Ratus
- 26 Ratus à l'école du cirque
- 29 Ratus et le sapin-cactus
- 36 Ratus et le poisson-fou
- 40 Ratus et les puces savantes
- 46 Ratus en ballon
- 47 Ratus père Noël
- 1 Ratus chez le coiffeur
- 2 Ratus et les lapins
- 9 Ratus aux sports d'hiver
- 13 Ratus pique-nique
- 23 Ratus sur la route des vacances
- 27 La grosse bêtise de Ratus
- 38 Ratus chez les robots
- 41 Ratus à la ferme
- 46 Ratus champion de tennis
- 8 La classe de Ratus en voyage
- 12 Ratus en Afrique
- 16 Ratus et l'étrange maîtresse
- 26 Ratus à l'hôpital
- 29 Ratus et la petite princesse
- 31 Ratus et le sorcier
- 33 Ratus gardien de zoo

Les aventures de Mamie Ratus

- 7 Le cadeau de Mamie Ratus
- 39 Noël chez Mamie Ratus
- 3 Les parapluies de Mamie Ratus
- 8 La visite de Mamie Ratus
- 31 Le secret de Mamie Ratus
- 5 Les fantômes de Mamie Ratus

Ralette, drôle de chipie

- 10 Ralette au feu d'artifice
- 11 Ralette fait des crêpes
- 13 Ralette fait du camping
- 18 Ralette fait du judo
- 22 La cachette de Ralette
- 24 Une surprise pour Ralette
- 28 Le poney de Ralette
- 38 Ralette, reine du carnaval
- 45 Ralette, la super-chipie !
- 4 Ralette n'a peur de rien
- 6 Mais où est Ralette ?
- 20 Ralette et les tableaux rigolos
- 44 Les amoureux de Ralette
- 48 L'idole de Ralette
- 11 Ralette au bord de la mer
- 34 Ralette et l'os de dinosaure

Collection Ratus Poche

Les histoires de toujours

- 27 Icare, l'homme-oiseau
- 32 Les aventures du chat botté
- 35 Les moutons de Panurge
- 37 Le malin petit tailleur
- 41 Histoires et proverbes d'animaux
- 26 Le cheval de Troie
- 32 Arthur et l'enchanteur Merlin
- 36 Gargantua et les cloches de Notre-Dame
- 43 La légende des santons de Provence
- 49 Les malheurs du père Noël
- 21 L'extraordinaire voyage d'Ulysse
- 27 Robin des Bois, prince de la forêt
- 36 Les douze travaux d'Hercule
- 40 Les folles aventures de Don Quichotte
- 46 Les milles et une nuits de Shéhérazade

Super-Mamie et la forêt interdite

- 42 Super-Mamie et le dragon
- 43 Le Noël magique de Super-Mamie
- 44 Les farces magiques de Super-Mamie
- 39 Super-Mamie, maîtresse magique
- 42 Au secours, Super-Mamie !
- 45 Super-Mamie et la machine à rétrécir
- 50 Super-Mamie, sirène magique
- 37 Le mariage de Super-Mamie
- 39 Super-Mamie s'en va-t-en guerre !

L'école de Mme Bégonia

- 11 Drôle de maîtresse
- 14 Au secours, le maître est fou !
- 16 Le tableau magique
- 25 Un voleur à l'école
- 33 Un chien à l'école
- 47 Bonjour, madame fantôme !

La classe de 6^e^

- 14 La classe de 6e et les hommes préhistoriques
- 17 La classe de 6e tourne un film
- 24 La classe de 6e au Futuroscope
- 30 La classe de 6e découvre l'Europe
- 35 La classe de 6e et les extraterrestres
- 42 La classe de 6e et le monstre du Loch Ness
- 44 La classe de 6e au Puy du Fou

Achille, le robot de l'espace

- 31 Les monstres de l'espace
- 33 Attaque dans l'espace
- 34 Les pirates de l'espace
- 19 Les pièges de la cité fantôme

Collection Ratus Poche

Baptiste et Clara

- 30 Baptiste et le requin
- 35 Baptiste et Clara contre le vampire
- 37 Baptiste et Clara contre le fantôme
- 40 Clara et la robe de ses rêves
- 51 Clara et le secret de Noël
- 22 Baptiste et Clara contre l'homme masqué
- 32 Baptiste et le complot du cimetière
- 38 Clara superstar
- 41 Clara et le garçon du cirque
- 43 Clara, reine des fleurs
- 45 Clara et le cheval noir

Les enquêtes de Mistouflette

- 9 Mistouflette et le trésor du tilleul
- 30 Mistouflette sauve les poissons
- 34 Mistouflette et les chasseurs
- 5 Mistouflette et les tourterelles en danger
- 24 Mistouflette enquête au pays des oliviers
- 1 Mistouflette contre les voleurs de chiens
- 7 Mistouflette et la plante mystérieuse

Hors séries

- 2 Tico fait du vélo
- 4 Tico aime les flaques d'eau
- 5 Sino et Fanfan au cinéma
- 12 Le bonhomme qui souffle le vent
- 25 Sino fête son anniversaire
- 7 Mon copain le monstre
- 19 Le petit dragon qui toussait
- 28 Nina et le vampire
- 2 Les malheurs d'un pâtissier
- 3 Karim et l'oiseau blanc
- 4 Timothée et le dragon chinois
- 6 Le facteur tête en l'air
- 9 Romain, graine de champion
- 10 Le trésor des trois marchands
- 15 Une nuit avec les dinosaures

Conception graphique couverture : Pouty Design
Conception graphique intérieur : Jean Yves Grall • mise en page : Atelier JMH

Imprimé en France par Pollina, 84500 Luçon - n° L97499
Dépôt légal n° 62559 - septembre 2005